حتی اگر جهان اینجا را فراموش کند

داستان فرزانه، زن افغان

《世界》がここを忘れても

アフガン女性・ファルザーナの物語

文・清末愛砂
絵・久保田桂子

寿　郎　社

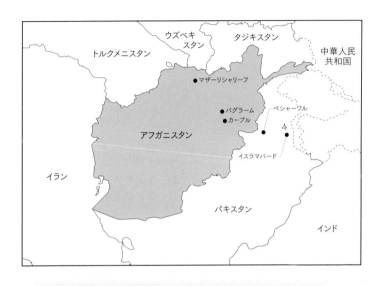

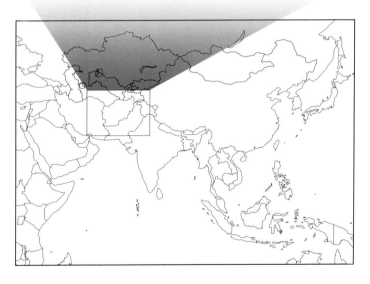

は じ め に

　アフガニスタンと聞いたときに、地図の上で指を差すことができる
人はどれくらいいるでしょうか。まずは、隣の地図でその位置を確認
してみてください。アフガニスタンは、1970年代末から続いた外国の
軍事侵攻やアフガン人同士の激しい争いで、荒れ果ててしまった国で
す。主人公のファルザーナの父母も隣国のパキスタンに避難先を求め
て、国境を越えました。この物語はフィクションですが、実際に、戦火
を逃れるために、パキスタンやイランで難民生活を送るようになった
アフガン人がたくさんいました。

　ファルザーナは、パキスタンのアフガン難民キャンプの一つで生ま
れ育ちました。彼女の母親は理解ある夫に支えられ、難民キャンプで
女性が生きやすい社会をつくるための活動を積極的に行っていまし
た。

　2001年、アメリカやイギリスといった大国の攻撃により、ターリバー
ン政権が倒れました。それ以降、国際社会の支援を受けながら、アフ
ガニスタンでは国を建て直す動きが始まりました。難民の帰還を促す
声も徐々に強くなり、難民がアフガニスタンに戻り始めました。難民
キャンプからアフガン人が次々に去る姿を目にし、ついに自分の国で
活動をするときがやってきたと考えたファルザーナの両親は、2015
年、アフガニスタンに戻る決意をしました。

　ファルザーナは両親や弟とともに、すべての家財道具を積んだト

ラックに乗ってアフガニスタンの首都であり、母親の故郷でもある
カーブルに帰還しました。パキスタンという異郷で難民として育った
彼女が故国アフガニスタンに足を踏み入れるのは初めてのことでし
た。

　ファルザーナは2020年現在、法学を学ぶ大学2年生。高校生のとき
に、母親や恩師マリヤム先生から「暴力や差別を受けてつらい生活を
送っている女性がたくさんいる」と教えてもらいました。その影響で
将来は弁護士になり、苦しんでいる女性を助けたいと思うようになっ
たのです。

　ファルザーナはいま、カーブルでどのような生活を送っているので
しょうか。ファルザーナ自身に語ってもらうことにしましょう。

　なお、日本ではアフガニスタンの首都のことを「カブール」と言い
ますが、アフガニスタンの公用語のダリー語（ペルシャ語に近い言語）やパ
シュトゥー語などでは「カーブル」と発音されるため、本書でも「カー
ブル」と表記しています。また、その他の固有名詞も、本書ではできる
だけ原語に近い形で表記しています。

《世界》がここを忘れても

アフガン女性・ファルザーナの物語

「ファルザーナ、いつまで寝ているの。早く起きなさい。授業に遅れるわよ」

いつものように、台所から母の大きな声が聞こえてきました。

もう少し寝ていたいのに……。
眠い目をこすりこすり壁にかかっている時計を見ると、すでに7時半。うわ、大変！　遅刻する！

「本当に朝が弱いんだから。でも、きちんと朝ごはんを食べてから大学に行きなさいよ」

と、再び母の声。

日本とアフガニスタンの時差は4時間半。日本の時間の方が前に進んでいます。

急いで台所に行くと、テーブルの上には湯気を立てている緑茶と熱々の目玉焼き、それから大きな楕円形のナーンが置かれていました。毎朝、父が近くのナーン屋さんで焼きたてを買ってきてくれるのです。

アフガニスタンの主食はナーン（パン）です。町のあちこちにナーン屋があり、大きなかまどで楕円形やまんまるの大きなナーンが焼かれています。また、日本同様にアフガン人は緑茶をよく飲みますが、少し前までは砂糖を入れて飲むのが一般的でした。

早く行かないと、バスに乗り遅れちゃう！
急いで食べ終えると、ベールをかぶり、カバンを持って家を飛び出しました。

「ファルザーナ、人通りが多いところはできるだけ行かないようにね。最近、爆弾テロが続いているから」

うしろから母の声が聞こえてきました。

「わかってる。無事に帰ってくるから心配しないで」

近年、アフガニスタンの治安は悪化の一途を辿っています。各地で頻繁に爆弾テロが起き、多くの人々が犠牲になっています。2001年に米英軍をはじめとする多国籍軍の攻撃を受け、ターリバーン政権が崩壊した後、国際社会の後押しによりアフガニスタンには新しい政権が誕生しました。しかし、現在、ターリバーンが活動を再度活性化させており、加えて中東で生まれたイスラーム国（いわゆる"IS"）も入り込んでいることから、①米軍が支援するアフガン政府軍、②ターリバーン、③イスラーム国の三つ巴状態になっています。

「ファルザーナ、おはよう」

バスに乗ると、ナーディヤーが話しかけてきました。

ナーディヤーは子どもの頃から同じ学校で勉強し、一緒に遊んできた一番の仲良しです。

アフガニスタンの主な交通手段はバス（大型バスやミニバス）、タクシー（乗合タクシーを含む）、自家用車です。カーブル市内のバス料金は10アフガニ（日本円で約14円＝2019年12月現在）です。大型バスの場合、通常、前のドアは女性客の乗り降り、後ろのドアは男性客の乗り降りに使われます。また、運転手の後ろの３列の座席は女性用とされています。

いつもはとても明るいナーディヤー。でも、今日は浮かない顔をしています。

ナーディヤーはため息をつき、小声で言いました。

「家を出るときに、何度も母に止められたの。危ないから行かないでって。こんな状況が続けば、父から大学をやめて結婚するようにって言われるかもしれない」

「うちの親だってわたしや弟のことをとても心配してるわよ。子どもの無事を願わない親はいないものね」

「でも、ファルザーナの親は大学をやめろとは言わないでしょう。女性の教育に理解があるから」

そう言って、ナーディヤーはまたため息をつきました。

UNESCO（国連教育科学文化機関）によると、アフガニスタンの中等教育（中学校と高校）への女性の総就学率は38.76%、男性は68.06%です（2017年現在）。高等教育（大学等）への女性の総就学率は4.91%、男性は14.21%です（2018年現在）。これらの数値を見るだけでも、女性の高等教育への進学がいかに困難であるかがわかります。

女の子は中学校を卒業するだけで十分。あとは親が決めた相手と結婚すればいい——そう思っている多くの親と同様に、ナーディヤーの父親も娘の高校進学に反対なのです。でも、ナーディヤーはそんな父親をなんとか押し切って、高校にも大学にも進学しました。

ナーディヤーは昔から勉強がよくできる子でした。難民キャンプの学校でも、カーブルの学校でも常に一番。

アフガニスタンでは恋愛結婚が極めて少なく、多くが父親や親戚の男性が決めた相手と結婚します。意に沿わない相手でも当事者がその結婚を拒否することは難しく、無理やり結婚させられること（強制婚）がしばしばあります。強制婚は性別にかかわりなく起きますが、家父長的な社会規範ゆえに女性の方がその被害に遭いやすいです。

ナーディヤーは勉強ができるだけではありません。だれにでも親切なので、わたしたちはテスト前になるとナーディヤーを囲み、あれこれ教えてもらっていました。でも、途中から勉強はそっちのけで、みんなテレビで覚えたインド映画の踊りを真似てみせるのに夢中になることも。もちろん大人の目が届かないところで、こっそりとね。

「苦しんでいるひとを助ける仕事がしたい」

それがナーディヤーの幼い頃からの夢です。そしてそれはわたしの夢でもあります。だからわたしたちは一緒に勉強してきたのです。

アフガニスタンでは女性が人前で楽器を演奏したり、踊ったりすることが社会的に恥ずかしい行為と考えられています。近年、アフガニスタン初の女性オーケストラ「ゾフラ」が結成されるなど、少しずつ社会の意識は変わってきていますが、いまでも女性が音楽や踊りを人前で披露すると、それを不愉快に思う保守的な勢力から非難されるだけでなく、生命が狙われる可能性すらあります。

「ナーディヤー、わたしたちが高校生だったとき、マリヤム先生が何度も言ってたことを覚えてる？」

「もちろん。『この国ではたくさんの女性が暴力や差別で苦しんでいる。女性がもっと自由に生きられる社会が必要だ』でしょう？」

マリヤム先生はとても進歩的な考え方をする人でした。高校だけでなく大学にも行きたいと思っていたナーディヤーやわたしに奨学金を出してくれる外国の財団を紹介してくれたのはマリヤム先生でした。そしてナーディヤーの父親を熱心に説得し、わたしたちに弁護士になることを勧めてくれたのも、マリヤム先生でした。

アフガニスタンのジェンダーに基づく暴力や差別の要因は多様です。主なものとして、①社会に根付く家父長的な社会規範、②親ソ連政権による弾圧、③1979年のソ連の軍事侵攻や2001年の米英軍などによる軍事攻撃、④ソ連撤退後の内戦、⑤対ソ連抵抗運動を展開したイスラーム諸勢力や各地を支配する諸軍閥による暴力、⑥1996年に誕生したターリバーン政権の女性に対する抑圧政策などを挙げることができます。これらの一つひとつが複合的に結びつくことで、暴力や差別の形態をより深刻なものにしてきました。

「あのね、ファルザーナ。うちの母は字を読むことができないでしょう。ふたりで話しているときに、わたしも勉強をしたかったって言うことがあるの。それで、わたしは母の分も勉強したいと思ったの」

「だからナーディヤーはいつも熱心に勉強しているのね」

「そうなの。もし、ここで大学をやめたら、苦しんでいる女性を救うための仕事ができないわ……。父がなんと言おうと、やっぱりわたし、がんばらないと」

ナーディヤーの顔が少しだけ明るくなりました。

バスを降りてから、わたしたちは急ぎ足で教室に向かいました。

UNESCOによると、アフガニスタンの15歳以上の識字率は43.02％（2018年現在）です。うち男性は55.48％、女性は29.81％です。全体的に上昇傾向にありますが、それでもなお15歳以上の半数近くは字の読み書きができません。長年にわたる軍事侵攻や内戦およびそれに伴う難民化などにより、アフガン人は教育を受ける機会を失いました。加えて、女性への教育を軽視する社会規範やターリバーン政権時代の女性への教育禁止政策の影響を受け、女性の識字率が非常に低いのです。

ふたりが席に着いて、カバンから教科書を出していると、ナジーブ先生が教室に入ってきました。

「先週より欠席者が多いな……」

ナジーブ先生は教室を見渡して、残念そうな顔をしました。

「爆弾テロが続いているから、怖くて外に出られないんです。このままでは、卒業が遅れる学生がたくさん出てしまいます」

学生のひとりが答えると、他の学生も一斉に頷きました。

「せめて、出席できている君たちには一所懸命教えないとな。さあ、先週の続きをしよう」

ナジーブ先生は学生と自分自身を元気づけるかのようにそう言って、授業を始めました。

現在のアフガニスタンには、公立と私立を合わせて100校近い大学がありますが、その多くが首都カーブルにあります。最古の大学は、1930年代に設立されたカーブル大学です。ターリバーン政権崩壊後に、海外の資本により設置された大学もあります。

この日の最後の授業が終わり、ナーディヤーとともに教室を出ました。

「朝からずっと授業だったから疲れちゃったね……。ナーディヤー、今日は一緒に帰れないの。ボランティアの日だから」

「わかってる。わたしもファルザーナと一緒にボランティアをしたいけど、授業が終わったらまっすぐ帰るようにって父がうるさいの。また明日、バスのなかで会おうね。朝寝坊しないでよ」

「もちろん！　がんばって起きるわよ」

ナーディヤーとわたしは大学の門の前で別れ、それぞれ別のバスに乗りました。

わたしは母から紹介された女性団体の事務所で、週に一回、相談員のボランティアをしています。

受付にいた女性が話しかけてきました。

「レハナ先生がお待ちかねですよ」

「ごめんなさい。授業のあと、急いで大学を出たのですが、バスが渋滞にはまってしまって……」

相談室に入ると、弁護士のレハナ先生が資料を整理していました。慌てて隣に行くと、「コンコン」とドアをノックする音が聞こえました。

「どうぞ」

レハナ先生が穏やかな声で言いました。

1977年にアフガニスタン初のフェミニスト団体「アフガニスタン女性革命協会」(RAWA) が設立されました。1995年には「アフガン女性ネットワーク」(AWN) が立ち上げられ、現在も活動中です。AWN には100以上のフェミニスト団体が加盟しています。女性に様々な制約を課したターリバーン政権時代の活動は困難を極めましたが、水面下で活動を続ける団体や個人もいました。同政権崩壊後に設置されたフェミニスト団体もあり、ジェンダーに基づく暴力の根絶や女性の権利の獲得などをめざして今も活動を続けています。

ブルカを被った小柄な女性が入ってきました。

「どうぞお掛けください。弁護士のレハナです。隣にいるのは弁護士をめざして勉強中のファルザーナです。先に温かいお茶をお飲みになりませんか？」

「いえ、結構です」

「ではお話を聞きましょう。ここは安全な場所です。安心してお話しください。どうされましたか？」

レハナ先生にそう問いかけられて、女性はようやくブルカを脱ぎました。

ブルカは、頭から足元までを覆い隠す、ムスリマ（女性のイスラーム教徒）用の長衣のことです。アフガニスタンのブルカの場合、目の部分にメッシュが入っており、ブルカ着用中はメッシュを通して外を見ることになります。ターリバーン政権はすべての女性にその着用を強制しました。ターリバーン政権が崩壊した現在でも、長年の慣習として外出時にブルカを着る女性がいます。

そのとき、女性がなかなかブルカを脱がなかった理由がわかりました。右目と左頬に、大きな青あざがあったのです。

このひともか……とわたしは心の中で呟きました。きっと家で殴られたのでしょう。年齢はわたしと同じくらいに見えます。

口を開くことができずにいる女性に、レハナ先生は優しく言いました。

「ゆっくりでいいですよ。見知らぬひとの前では話しづらいでしょうし、辛いこともたくさんあったでしょうからね」

アフガニスタンには、暴力を受けた被害女性のための法律相談やシェルターの運営をしている民間団体があります。そこに来る女性たちは、夫や夫の親兄弟または実の親兄弟などから、DV、バアド（35頁参照）、児童婚、性暴力など、多様な形態のジェンダーに基づく暴力を受けてきました。シェルター入居後に弁護士の助けを借りて離婚手続をとる女性もいますが、弁護士経由で家族と暴力問題について交渉した後に家に帰る女性たちも多くいます。2009年にバアドを含む22形態の暴力の加害者を処罰するための「女性に対する暴力根絶法」が制定されましたが、その執行状況は芳しいとは言えません。

女性は唇をぎゅっと噛んだまま、しばらく黙っていましたが、そのうち小さな声で話し始めました。

「夫と夫の家族からの暴力に耐えきれなくなって逃げてきたんです。2年前に夫の家族とわたしの家族の間で揉め事が起きて、家族同士で話し合いました。それで、わたしは夫と結婚させられることになったんです。父から、結婚さえすればなにもかもうまくいくと言われて」

「それは本当に辛かったですね。でも、これ以上、我慢する必要はありませんよ」

「わたしがいなくなったことを知って、今頃、夫や夫の家族、それに実家の父たちも激怒していると思います。ここにいることがばれたら、怒鳴りこんでくるでしょう。家に戻されたら、殺されてしまうわ」

そこまで言うと、女性は泣き出しました。

アフガニスタンには、例えば、殺人のような深刻な犯罪により他の家族との間で大きな揉め事が生じた場合、問題を起こした家族の娘と対立している家族の男性構成員を結婚させて問題解決を図る慣習があります。これを「バアド」と呼びます。結婚させられた女性は、憎しみが残っている相手の家族から苛酷な暴力を受けることが多々あります。

「心配しなくてもいいですよ。そんなことは絶対にさせません
からね。ところで、どうやって逃げてきたのですか？」

レハナ先生が尋ねると、女性は泣きながらも答えました。

「夫の親戚の結婚式に出るために、夫とわたしは昨日の朝、バグ
ラームからカーブルにやってきました。そして、その家の女性
たちと料理を作っているときに、隙を見て裏庭から逃げたんで
す。必死に歩いて大きな通りまで行くと、仕事帰りの親切そう
なふたりづれの女性に会いました。思い切って、話しかけてみ
ました。家族に電話をしたいから、携帯電話を貸してくれない
かって」

「それは大変でしたね。すぐに貸してもらえましたか？」

「はい。必死に頼みこんだので、ひとりが見かねて貸してくれま
した。以前、テレビでここのことを知り、電話番号を書きとめ
ておいたので、その番号に掛けたら、事務所のひとが急いで迎
えに来てくれたんです」

アフガニスタンでは社会通念上、カーブルのような都市部を除き、女性がひとり
で外出することは基本的に認められていません。外出時は夫や父親、兄弟といっ
た男性親族とともに出かけることが求められるのです。バグラーム（パルヴァーン
州）はカーブルから北に約60キロ離れた小さな町で、米軍の大きな空軍基地があ
ります。

「あの……。あざのあたりが腫れているようですが、痛みませんか？」

わたしが尋ねると、女性は手で腫れを確認しながら言いました。

「夕べも夫に振る舞いが気に入らないと言われて、ひどく殴られたんです」

それを聞いてレハナ先生は、先に傷の手当てをしなければならないと考えたようです。

「お話の続きは明日にしましょう。安心して過ごせる場所にこれからお連れします。今日はお医者さんがいる日ですから、まずはその傷を診てもらいましょう」

そう言って、レハナ先生は女性を連れて部屋を出ていきました。

アフガニスタン34州のうち20州で暴力を受けた被害女性のための民間シェルター（26ヵ所）が開設されています（2019年11月現在）。シェルター間の情報交換を図るための「アフガニスタン・シェルター・ネットワーク」（ASN）もあります。民間シェルターの開設には女性省への登録が求められます。また、被害女性を受け入れると、24時間以内に新規ケースとして女性省に登録しなければなりません。メディアなどにより、シェルターに対して「悪い女性を匿う場所」というネガティブなイメージが作られてきましたが、シェルター関係者は届せずに活動を続けています。

「ただいま」

家のドアを開けた瞬間、いい匂いが漂ってきました。

今日は朝ごはんを食べてから、授業の合間に小さなケーキとビスケットを口にしただけで、あとはなにも食べていません。ボランティアの日は夕方まで家に帰れないので、お腹がぺこぺこになります。

「マザーリシャリーフからワリード叔父さんが来られてるわよ。挨拶してから一緒にお茶でも飲んだら？」

台所から母の声が聞こえてきました。

マザーリシャリーフは、トルクメニスタン、ウズベキスタン、タジキスタンと国境を接しているアフガニスタン北部のバルフ州の州都です。青いタイルをちりばめた美しいブルーモスクがあることで知られています。バルフ州は農業が盛んな地域のひとつです。

「久しぶりだな。元気にしていたかい？」

「大学の勉強は忙しいけど、元気にしてるわ。今日は放課後にボランティアがあったから、帰ってくるのがこんな時間になってしまったの。叔父さんの訪問を知っていたら、ボランティアには行かなかったんだけど」

すると、そばにいた父が笑いながら言いました。

「ファルザーナは勉強もボランティアもがんばっているんだよ。でも朝が苦手でね。今日も遅刻しそうになったんじゃないのか？」

「カーブルでなにか用事があるの?」

叔父の突然の訪問に驚いたわたしは、尋ねてみました。

「うちの畑が大変なことになってね。ひどい干ばつが続いているだろう。今年はサクランボもブドウもほとんど収穫できなかったよ。だから今日はファルザーナたちが大好きな干しブドウをお土産に持ってくることができなかったんだ」

「それは大変。叔父さんの家族、どうやって生活していけばいいの?」

返事に困っている叔父の代わりに、父が答えました。

「仕方がないから、ワリードはカーブルに仕事を探しにきたというわけさ」

アフガニスタンの農村部は、春になるとモモやアンズ、アーモンドの花が咲き乱れ、大変美しい光景が広がります。しかし、自然災害により風景が一変することもあります。2018年頃から各地で深刻な干ばつが広がる一方(2000年にも大干ばつ)、大洪水に見舞われる地域も出てきています。この結果、生活の糧である農業を続けられなくなり、他地域で避難生活を送らざるを得なくなった人々が多くいます。

「あんなに戻りたいと思った故郷がこんなに厳しい状況だなんて。治安が悪いうえに、干ばつまで起きたんじゃ、暮らしていけないよ」

沈んだ声で叔父が言いました。

「金持ちはとっくにこの国を去ったそうだし、最近はなけなしのお金を払ってでも出ていく人が後を絶たないね。ぼくも難民キャンプの方がましだったと思うことすらあるんだ」

叔父の話に父は何度も頷きました。

「ああ、わかるよ。ぼくたちやワリードたちが住んでいたキャンプは他とは違って、苦しいときはみんなで助け合っていたからな。いい思い出がたくさんある。妻も女性のグループで生き生きと活動していたし」

パキスタンのアフガン難民キャンプ（現在、多くが閉鎖）のなかには、ターリバーンを生んだキャンプもあれば、住民が民主的運営を行うキャンプや、若者が女性や子どもの生活改善に取り組むキャンプもありました。1979年のソ連の軍事侵攻以降、アフガニスタン女性革命協会（29頁参照）は一時的に拠点をキャンプに移し、女性の識字教室、クリニック、学校などを開いていました。また、キャンプ全体の民主的運営にもかかわっていました。

料理が大得意な母がわたしたちを呼んでいます。

「ごはんができたわよ。今日は特製のカーブリ ・パラウとブラーニ・バーディンジャンよ。さあ、子どもたち、運ぶのを手伝って。皿とかナーンとかいろいろ持っていってほしいの」

女性のための活動をしてきた母は、手伝いが必要なときにわたしだけに頼んだりはしません。弟にも声を掛けます。わたしたちは大喜びで飛んでいきました。

「うわ、久しぶりのごちそう。お客さんが来ないとなかなか食べられないね」

アフガニスタンには、現在でも家父長的な考え方が強く残っていて、日本同様、伝統的に家事を担うのは女性の役割と考えられています。
カーブリ・パラウはアフガニスタンの伝統的な米料理です。玉ねぎや肉（鶏肉やラム肉）、スパイスなどで作ったスープで炊き込んだ米の上に、干しブドウや人参、ナッツがトッピングされています。ブラーニ・バーディンジャンは、素揚げしたナスをトマトソースで煮込み、ヨーグルトソースをかけた料理です。

「申し訳ないな。そっちだって苦しいだろうに、ごちそうを出させてしまって……。本当においしそうだ。ありがたいよ」

ごちそうの周りにみんなが座ると、叔父が母に礼を言いました。

「なにを言ってるの。お互い様じゃない。明日から仕事探しで大変でしょうから、今日はしっかり食べていただこうと思って」

母も叔父の境遇を知り、心を痛めているのです。

仕事探しは本当に大変。半年前に仕事を失くした父も、ようやく新しい仕事に就いたばかりです。

アフガニスタンでは食事の際、布やビニールのシートを絨毯の上に敷き、そこに料理を置きます。その周りにひとが座り、食事をとります。食後は布やシートを片付けます。都心部では朝食時や来客者がいないときなどに、テーブルを使う場合もあります。

「ぐずぐずしないで早く行きなさい」

翌朝、玄関前でベールを被ろうとしていると、母がせっついてきました。

「わかってるって」

カバンを肩にかけ、家を飛び出しました。

早足でバス停までやってくると、わたしが乗るバスが近づいてきました。いつもならバスはスピードを落としてバス停の前で止まります。それなのに今日はなぜか目の前を通りすぎ、その直後に急ブレーキがかかりました。

どうしたの？　と思った瞬間、

ド———ン！

と、地の底から重く響くような爆音が聞こえました。バス全体が巨大な白い煙に包まれたかと思うと、車体の窓から炎が噴き出しました。

近くにいた男性たちが口々に叫び始めました。

「爆弾テロだ」
「バスがやられた」
「大きいぞ」

あたりは瞬く間に騒然となりました。

ひきつった顔で立ちつくしているひと、走り去っていくひと、

燃えているバスを茫然と見ているひと、泣き叫んでいるひと。

そのとき、うしろからわたしの名を呼ぶ母の声がしました。

「ファルザーナ、ファルザーナ」

「爆音が聞こえたから、ファルザーナのことが心配になって家を飛び出したのよ」

わたしを抱きしめた母の声が震えていました。

「バスがやられたのね。ナーディヤーはあのバスのなかにいたのよね？」

おそるおそる母が尋ねました。

「わからない、一瞬のことだったから……。わたし、どうしたらいいの？」

「まずはナーディヤーに連絡してみましょう」

何度も携帯電話に掛けてみましたが、ナーディヤーは出ません。わたしたちはひとまず家に帰ることにしました。

家に帰ってからもナーディヤーに電話を掛け続けますが、反応がありません。悪い予感がして、心臓がどくどくと音を立て始めました。そのとき、

「もしもし」

突然、男性の声がしました。

「ぼくは救急隊員だ。この電話は爆弾テロの現場で倒れていた若い女性のカバンに入っていたんだよ。家族かもしれないと思って、出てみたんだ」

「ナーディヤーは病院にいるんですね。いまは話せないんですか?」

救急隊員に尋ねると、電話口の向こうでしばらく沈黙が続きました。

「どうしてなにも教えてくれないの?　ナーディヤーはどんな状態なの?」

叫ぶように訴えると、救急隊員はふうとため息をついてから言いました。

「彼女とはね、いまだけでなく、これからも話すことができないんだ。もうこの世には……いない」

「そんなのウソにきまってる。ウソだって言ってよ。お願いだから」

わたしは電話を投げ捨てました。

そばでやりとりを聞いていた母が慌てて電話を拾い、救急隊員と話し始めました。全身からすべての力が抜けていき、わたしは座り込んで泣きました。

「ファルザーナ、母さんからナーディヤーのご両親に連絡をするわ。それからタクシーで病院に行きましょう」

母に抱きかかえられるようにして病院の霊安室に入ると、すでにナーディヤーの両親や弟たちが集まっていました。

「わたしのナーディヤー、本当にいい子だった。なんでこんなことに……。娘を返して」

冷たく横たわる娘の傷だらけの頰を、号泣しながら何度も撫でるナーディヤーのお母さん。その隣には、哀しみと怒りで顔をゆがめたナーディヤーのお父さんが、小さな声でクルアーンを唱えながら立っていました。

クルアーンとはイスラームの聖典のこと。日本では「コーラン」と呼びますが、本書ではイスラーム文化圏の原語のアラビア語の発音にしたがって「クルアーン」と表記します。

母しともに家に帰ったあとも、わたしはひたすら泣いていました。

陽が傾き始めた頃、父がモスクから戻ってきました。ナーディヤーの葬式に参列していたのです。

「これから母さんと一緒にナーディヤーの家に行っておいで」

アフガニスタンの人口の大多数がムスリム（イスラーム教徒）です。ムスリムの葬儀は迅速に行われます。遺体は同性により湯灌された後に白い布に包まれ、故人の家に安置されます。ここで女性の家族は故人と最後のお別れをし、そのまま故人の家に留まってクルアーンを詠みます。遺体は男性により故人宅からモスクに運ばれ、弔いの礼拝は男性だけで執り行われます。その後、やはり男性によって遺体は墓地に運ばれ、埋葬（土葬）されます。

母に連れられて泣きながらナーディヤーの家に行くと、玄関からマリヤム先生が出てきました。

「つらいときによく来たわ。ナーディヤーのお母さんに会ってあげて」

教え子を失ったマリヤム先生の目も腫れ上がっていました。

女性用の弔問客のために用意された部屋に入ると、ナーディヤーのお母さんが奥に座っていました。

「ファルザーナ、ありがとう。難民キャンプにいたときから、ふたりはずっと一緒だったわね」

わたしを抱きしめたナーディヤーのお母さんはそれ以上はなにも言えなくなってしまいました。

死者が出ると、友人や知人が次々と故人の遺族宅を弔問に訪れます。遺族の家には男女別に弔問部屋が設けられています。女性用の弔問部屋では女性の遺族が、男性用の弔問部屋では男性の遺族が弔問客を迎えます。

ナーディヤーが逝ってから、わたしは外に出なくなりました。なにも手につかず、だれとも話をしたくありませんでした。ただ思い出されるのはナーディヤーと過ごした日々だけ。

隣の部屋にいるレハナ先生と母がぼそぼそ話しています。

「しばらくファルザーナを事務所で見かけないから、心配になって家に寄ってみたの」

「ショックが大きすぎて、気力が失くなったのね、あの子。ごはんもほとんど食べないわ。部屋にこもりっきり」

「このまましばらく静かに見守ってあげるほうがよさそうね」

そう言ってから、レハナ先生はそっと家を去りました。

マリヤム先生も訪ねてきましたが、同じようにそっとしておいてくれました。

「毎日がノウルーズだといいなあ。そしたら、甘いハフト・ミーワを毎日食べられるもん」

「うん。毎日食べたいね！」

「あーら、ふたりともずいぶんよくばりさんね。一年に一度の楽しみだからこそ、おいしいんじゃないの？」

わたしたちの横で、ナーディヤーのお母さんがふふふと笑いました。

難民キャンプに住んでいた頃、幼かったわたしたちはノウルーズが来るたびに、どちらかの家でハフト・ミーワを食べていました。

「ノウルーズを一緒に祝うこともできなくなってしまったわ」

わたしは突っ伏して、また泣きました。

アフガン人は３月にイラン太陽暦（ペルシャ暦）に基づく新年（ノウルーズ）を迎えると、「ハフト・ミーワ」（7つの果物）を食べて祝います。ハフト・ミーワは、７種類のドライフルーツ（干しブドウ、アンズ、ピスタチオなど）を水や湯で戻してから、水またはローズウォーターにひたして作ります。ノウルーズは、イラン、タジキスタン、トルクメニスタンなどでも祝われています。

ナーディヤーの死から1カ月が経っても、外の音はなにひとつ耳に入ってきませんでした。日常生活がまるでどこかに消えてしまったかのように。

でも2カ月が過ぎる頃から徐々に音が耳に入ってくるようになりました。

そして3カ月が過ぎたある日の夕方、

「ブブーーー、ブブブーーー」

窓の外から、車のクラクションがはっきりと聞こえてきました。家路につく車でひどい渋滞になるカーブルのいつもの音。

「もう帰らないと、父さんに怒られちゃうよ」

「また遊ぼうね」

今度は同じアパートに住む子どもたちの声がしました。

しばらく外の音に耳を傾けたあと、わたしは居間に行きました。

「明日から大学に行くことにしたわ」

それを聞いた両親はなにも言わず、ただ頷いてくれました。

翌朝バスに乗ったわたしは、思わず前方の女性席を見渡してしまいました。

「おはよう。混んでいるから、急いで隣に座って」

いつもなら、わたしを待っているナーディヤーが声を掛けてくるはずでした。でも、今日はだれも話しかけてきません。

わたしを乗せたバスが発車しました。

目の前を流れる光景は、かつて見ていたものと同じです。ただ違うのは、ナーディヤーが横にいないということだけ。

バスはスピードをどんどん上げていきます。

こうして、わたしの日常生活は再びまわり始めました。

おわりに

　ファルザーナの物語を読まれて、読者の皆さまはどのように感じられたでしょうか。「少しオーバーに書いているのでは？」と思われた方もおられるかもしれません。これがオーバーな描写であれば、どれほど嬉しいことでしょう。日本ではほとんど報じられなくなったアフガン情勢。アフガニスタンでは現在、アフガン政府軍、ターリバーン、そしてイスラーム国が対立し、三つ巴の争いが起きています。

　こうした争いが続くなかで、各地で頻繁に起きている爆弾テロに数多くの民間人が巻き込まれています。そのため物語でも触れているように、多くのアフガン人が安全を求めて故国を去りました。それは経済的に余裕がある人々だけではありません。ほんのわずかな財産を売り払って渡航する人々も数多くいます。追い打ちをかけるように、2018年頃から大規模な干ばつが広がりました。またその一方で、大洪水に見舞われたところもあり、そうした自然災害による避難民も大量に発生しました。

　わたしはアフガニスタンのジェンダーに基づく暴力の研究をライフワークのひとつとしています。その研究のために、現地で暴力の被害状況の調査をしたいのですが、2015年を最後にアフガニスタンに入ることができていません。あまりに治安が悪いため、ビザの取得が困難なのです。仕方なく、アフガン人の友人たちから寄せられる声や、国際機関や現地NGOが発行している報告書、海外メディアの報道などから現況をできる限り把握しようと努めてきました。次に現地を訪問できるのがいつになるのか、現段階ではまったくわかりません。

　治安が悪化すればするほど、そこで暮らす人々のなかにある恐怖心

と不安感は膨れ上がります。そして、精神的にまったく余裕がない生活を強いられることになります。社会が不安定になればなるほど、社会的に弱い立場におかれてきた人々、例えば女性や子ども、貧困層にそのしわ寄せが及びます。

2001年の米英軍などによる対アフガニスタン軍事攻撃の際、アメリカは途中から、ターリバーン政権に抑圧されているアフガン女性の解放のための攻撃であると主張し始めました。しかしこのような主張は、軍事攻撃が女性を避けてなされるわけではないという単純な“事実”から見ても、大きな矛盾を伴うものでした。

では、ターリバーン政権崩壊後にアフガン女性は解放されたと言えるのでしょうか。アメリカの主張に従えば、女性の状況は改善されているはずです。しかし、まったくそうなっていません。なぜなら、アフガニスタンにおけるジェンダーに基づく暴力の要因は多様であり、ターリバーンだけが問題ではないからです。むしろ、近年の治安の悪化は、ジェンダーに基づく暴力や差別の一層の深刻化をもたらしてきました。なお、アメリカはいま、アフガン社会から強い懸念が出されているにもかかわらず、かつての攻撃対象であったターリバーンと交渉することで、結果的にその復活を支援しています。

本書はフィクションですが、各登場人物、とりわけ主人公のファルザーナの人物像は、これまでわたしがかかわりを持ってきた友人たちの多様な経験や生活環境などを参考にし、それらを組み合わせて創作したものです。また、ファルザーナの家族は、わたしが心から敬愛するカーブル在住の女性活動家の家族がモデルになっています。そうした点から言えば、本書はノンフィクションに極めて近いフィクションであると言えるでしょう。

本書の執筆にあたり、わたしは苛烈な暴力によりアフガン女性が一

方的に虐げられているという"ありがちな"ストーリーだけを描きたいとは思いませんでした。暴力の深刻さは言うまでもありませんが、それに屈せずに闘い続けてきたアフガン女性が確かに存在し、女性たちがいまもなお、人権を求める＜闘い＞の最中にあることをきちんと示したかったのです。闘いの手段はひとつではありません。ファルザーナやナーディヤーのように＜学ぶ＞という行為も闘い方のひとつです。

　また、想像を絶するほどの苦境を乗り越えながら歩んできた人々の存在を書き表すという行為は、アフガニスタンを攻撃した大国や各勢力を裏から操ってきた諸外国、それに迎合してきた国際社会がいとも簡単にアフガニスタンを忘れ去ろうとすることに対する、わたしなりの抵抗でもありました。

＊

　本書を、2017年7月24日にカーブルで起きた大規模な爆弾テロに巻き込まれ、命を落としたアジーザに捧げます。わたしがアジーザと出会ったのは、2013年にカーブルを訪問したときです。そのとき彼女は、児童養護施設を運営する地元のNGO「アフガニスタンの子どものための教育とケア協会」(AFCECO)の事務所で料理人として働いていました。カーブル滞在中、AFCECOの事務所に寝泊まりさせてもらっていたことから、わたしは彼女や彼女の同僚が作ってくれる美味しいアフガン料理を堪能していました。

　ある日、事務所のなかでわたしがダリー語を勉強しているのに気が付いたアジーザは、興味深げに隣に立ち、テキストに載っているイラストを指しながら、発音の仕方を教えてくれました。わたしが何気な

くテキストの文字を指したとき、彼女は一瞬困った顔をして、首を横に振りました。文字を知らないという意味だと即座に悟ったわたしは、自分の行為を心から恥じました。この年代のアフガン女性には読み書きができる人が少ないことを知りながら、日本の感覚でうっかり文字を指してしまったのです。

　イランでの難民生活を経てアフガニスタンに戻ってきたアジーザは、事故で負った障害により働くことができない夫の代わりに、一家の大黒柱として身を粉にして働いていました。結婚した娘がDVで苦しんでいることを知り、AFCECOのスタッフと相談しながら必死に娘を救済しようとしていました。家族を養うこと、娘を助けること。アジーザはそのために文字通り彼女なりの方法で闘ってきたのです。

　AFCECOのスタッフからアジーザの悲報が届いたとき、わたしはアムステルダムに出張中でした。強い衝撃と悲しみのあまり、その後のアムステルダム滞在中の多くの出来事を記憶していません。

　AFCECOのスタッフによると、爆弾テロが起きた日、AFCECOの施設に住んでいたアジーザの娘のひとりは、兄が巻き込まれたのではないかと心配になり母親に電話を掛けました。でも、アジーザは出ませんでした。本書でファルザーナがナーディヤーに電話したときのように、代わりに出たのは他人でした。そのとき、娘は兄ではなく母親が巻き込まれたことを知ったのです。娘はその瞬間に半狂乱になりました。

　あまりにも不条理なアジーザの死。そして、カーブルに行くことができたとしても再会はかなわないという状況。いかんともしがたい悶々とした思いを抱いたまま、数カ月が過ぎました。しかし、時間の経過とともに現実を受け入れることができるようになったとき、わたしはようやくアジーザの死あるいはアジーザと同じく不条理な死を強い

られている多数のアフガン人に、どう向かいあうのかということを考えるようになりました。そして、いまのアフガニスタンで生きることを社会に問いかける本をつくる——ということに思い至りました。その結果、平易な文章と絵でまとめた「ノンフィクションに極めて近いフィクション」としての本書が完成しました。

　最後に、わたしの無謀ともいえる絵本計画のために、大変お忙しいなかたくさんの絵を描いてくださった久保田桂子さん、出版界の不況が続いているにもかかわらず快く出版と編集作業をお引き受けくださった寿郎社と編集担当の下郷沙季さん、ストーリーの読み合わせ作業のために時間を費やし、多数の助言をくださった「RAWAと連帯する会」事務局長の桐生佳子さん、出版のサポートをしてくださった同会事務局のメンバーに厚く御礼申し上げます。また、イスラームやペルシャ文化圏に関する助言をくださった松本耿郎さん（聖トマス大学名誉教授）、アフガン文化や生活に関する情報を提供してくださったカーブルの友人アジャーブ・ハーンさん（元AFCECOスタッフ）とサラさん（RAWAメンバー）に深い感謝の気持ちを表します。

　　2020年1月6日

　　　　　　　　　　　　　　　　　　　清末愛砂

文　清末愛砂（きよすえ・あいさ）

1972年生まれ。室蘭工業大学大学院工学研究科准教授。専門は、憲法学、家族法、アフガニスタンのジェンダーに基づく暴力。主な著書に『平和とジェンダー正義を求めて——アフガニスタンに希望の灯火を』（共編著、耕文社、2019年）、『自衛隊の変貌と平和憲法——脱専守防衛化の実態』（共編著、現代人文社、2019年）、他多数。「RAWAと連帯する会」共同代表。

絵　久保田桂子（くぼた・けいこ）

長野県生まれ。武蔵野美術大学映像学科卒業。ドキュメンタリー映画「記憶の中のソビリア」（2016年）制作、同名書籍を出版。2013年、友人の誘いでアフガニスタン・パキスタンのスタディツアーに映像記録のため同行した。

《世界》がここを忘れても
アフガン女性・ファルザーナの物語

発　行	2020年2月15日 初版第1刷
文	清末愛砂
絵	久保田桂子
発行者	土肥寿郎
発行所	有限会社寿郎社
	〒060-0807　北海道札幌市北区北7条西2丁目37山京ビル
	電話011-708-8565　FAX011-708-8566
	e-mail doi@jurousha.com
	URL http://www.ju-rousha.com/
印刷・製本	モリモト印刷株式会社

＊落丁・乱丁はお取り替えいたします。
＊紙での読書が難しい方やそのような方の読書をサポートしている個人・団体の方には、必要に応じて本書のテキストデータをお送りいたしますので、発行所までご連絡ください。

ISBN978-4-909281-26-5 C0036